DEUX ANNÉES.

1821 — 1827.

Comment l'or est-il devenu obscur, et comment l'or fin a-t-il changé de couleur ? Comment les pierres du sanctuaire sont-elles semées aux coins de toutes les rues ?

JÉRÉMIE, *chap.* IV, *v.* 1er.

Consolez, consolez mon peuple, dira votre Dieu.

ÉSAIE, *chap.* XL, *v.* 1er.

PARIS,

CHEZ LES MARCHANDS DE NOUVEAUTÉS,

ET RUE SAINT-ANDRÉ-DES-ARCS, N° 65.

1828.

[illegible]

[illegible]

[illegible]
[illegible]
[illegible]
[illegible]

[illegible]
[illegible]

[illegible]
[illegible]

DEUX ANNÉES.

1824 — 1827.

> Comment l'or est-il devenu obscur, et comment l'or fin a-t-il changé de couleur? Comment les pierres du sanctuaire sont-elles semées aux coins de toutes les rues?
>
> JÉRÉMIE, *chap.* IV, *v.* 1er.

> Consolez, consolez mon peuple, dira votre Dieu.
>
> ÉSAIE, *chap.* XL, *v.* 1er.

PARIS,

CHEZ LES MARCHANDS DE NOUVEAUTÉS,

ET RUE SAINT-ANDRÉ-DES-ARCS, N° 65.

1828.

IMPRIMERIE D'AUCHER-ÉLOY, A BLOIS.

AVERTISSEMENT.

Les deux pièces suivantes, comme l'annoncent les dates qui leur servent de titres, ont été composées à des époques bien différentes.

La première, qui fut inspirée à l'auteur en des temps où tout semblait présager au monde civilisé des jours plus tranquilles et un meilleur avenir, doit servir d'introduction à la seconde, et constater combien de mécomptes et d'attentes déçues ont pu changer des chants de joie et d'espérance en des chants d'un amer soupir.

1821.

Un cri s'est élevé du couchant à l'aurore ;
Vingt peuples à la fois jusqu'aux cieux l'ont porté.
Dans les cœurs généreux partout il vibre encore ;
  C'est le cri de la liberté.

Toi que la vieille Europe a jadis adorée,
O liberté ! ses fils reconnaissant ta voix,
De la poudre ont tiré ton image sacrée
  Pour l'élever sur le pavois.

Des biens que tu répands charge ta main féconde ;
D'en combler l'avenir enfin voici le temps,
Et déjà ton approche est annoncée au monde
  Par des prodiges éclatants.

Au fond de l'Ibérie à peine quelques braves
Ont de l'indépendance arboré les drapeaux,
Que l'on a vu sortir d'un vil troupeau d'esclaves
  Une phalange de héros.

En quels lieux aujourd'hui de son glorieux temple
A-t-on vu relever les antiques débris ?
En quels lieux du courage a-t-on donné l'exemple?
    C'est dans Capoue et Sybaris.

Déjà sur le croissant jetant un sombre voile,
Du chrétien affranchi le symbole vainqueur
Brille dans l'orient comme la sainte étoile
    Qui promit au monde un sauveur.

Rejetant leur despote au delà du Bosphore,
Les fils de Thémistocle et de Léonidas
Jusqu'au Gange bientôt refouleront encore
    L'Asie et ses nombreux soldats.

Vieillards assemblez-vous : méditez en silence,
Et tandis que vos fils, par leurs vaillants exploits,
Jettent le fondement de votre indépendance,
    Sachez l'affermir par les lois.

Par elles qu'à jamais la licence proscrite
Avec la tyrannie expire sans appui,
Et que la liberté n'ait point d'autre limite
    Que la liberté dans autrui.

Mais du nord inquiet d'où naissent les alarmes ?
D'où vient que ses enfants quittant leurs froids climats,
A la voix de leurs chefs soudain ont pris les armes,
    Et marchent aux sanglants combats ?

Viendront-ils ces essaims de guerriers innombrables
Aider les nations à recouvrer leurs droits ?
Non : d'indignes flatteurs, des courtisans coupables
    Contre elles ont armé les rois.

Au cri de liberté, leur rage s'est émue ;
Dans leur vil intérêt, seuls par lui menacés,
Ils ont trompé leur maître en offant à sa vue
    Le trône et l'autel renversés.

Monarques, sur vos fronts conservez la couronne ;
Gardez le sceptre d'or dont vous êtes jaloux ;
Mais au joug de la loi qui vous les abandonne
    Soyez soumis tout comme nous.

Qu'elle-même, veillant au soin de votre gloire,
Ne permette jamais à vos royales mains
D'inscrire en traits sanglants votre nom dans l'histoire
    Parmi les fléaux des humains.

Que le fils qui vous doit et la puissance et l'être,
Soit par elle contraint d'imiter vos vertus ;
Et que de votre sang il ne puisse plus naître
    Que des Aurèle et des Titus.

Et toi, Dieu rédempteur, qui vins sur cette terre
Tous égaux devant toi proclamer les mortels,
A l'heure où la raison les touche et les éclaire,
    Ne crains rien pour tes saints autels.

Celui qui n'espéra qu'en ta bonté suprême ,
Quand le pied d'un Tibère écrasait l'univers ,
Libre à peine ira-t-il briser le diadême
        De celui qui brisa ses fers.....?

Mais quelle voix s'élève, et comme un noir présage,
Évoquant du passé l'odieux souvenir,
Aux peuples affranchis l'offre comme une image
        De leur effrayant avenir ?

Elle a peint à leurs yeux la licence effrénée
Sur eux de tous les maux guidant l'affreux essaim ,
Et la patrie en deuil à jamais condamnée
        A déchirer son propre sein.

Elle a peint à leurs yeux l'inexorable parque
Désignant tour à tour au farouche bourreau
La tête du sujet et celle du monarque
        Qu'elle voue au même couteau.

Rendez, rendez nos fers, s'il est vrai que sans crime
Un bien si précieux ne puisse être acheté ;
Si du sang innocent d'une seule victime,
        Il faut payer la liberté.

Vierge sacrée , ô toi qui joins en ta couronne
Le laurier sans souillure à l'olivier de paix,
Aux fureurs des partis que la haine empoisonne,
        Te vit-on applaudir jamais !

En ces temps où la main d'un hideux fanatisme
Éleva tes autels sur un trône tombé,
Sous le poids accablant d'un plus lourd despotisme,
    Ton front jamais ne fut courbé.

Quand sur les échafauds, aux pieds de ta statue,
Un sang pur à grands flots en ton nom regorgeait,
Avec des pleurs amers tu détournais la vue
    D'un culte affreux qui t'outrageait.

Eh ! qu'importe d'un Dieu la connaissance vaine,
Si dans le sanctuaire un prêtre furieux
Présente chaque jour d'une victime humaine
    L'offrande abominable aux cieux !

Des plus honteux excès quand le délire égare,
Les mortels insensés devenus ses jouets,
Est-il un nom si beau dont leur bouche ne pare
    Les plus exécrables forfaits !

Mais si des fous cruels par le meurtre et le crime
Ont pu croire parfois servir un Dieu de paix,
Faut-il lui refuser un encens légitime,
    Et le blasphémer désormais ?

Faut-il voir à jamais toute vertu proscrite,
Si son masque souvent par le vice emprunté,
A d'une âme de boue et d'un front hypocrite
    Recouvert la difformité ?

La sainte liberté n'est vraiment adorée
Qu'aux lieux où vainement rongeant le frein des lois,
La puissance du mal n'est pas moins abhorrée
    Chez les peuples que chez les rois ;

Où guidés par l'espoir des mêmes récompenses,
Dans l'arène sans choix, sans préférence admis,
Tous à pareils devoirs comme à pareilles chances,
    Marchent également soumis ;

Qu'aux lieux où la main seule au travail consacrée,
Peut en paix, à l'abri d'indolents ravisseurs',
Cueillir le fruit vermeil et la gerbe dorée
    Qu'elle arrosa de ses sueurs ;

Où d'un caprice vain ne pouvant point dépendre,
La force destinée à punir les forfaits,
Contre ceux qu'elle doit protéger et défendre
    Ne se puisse tourner jamais ;

Où chacun se créant ses titres à l'estime,
Porte au cercueil tous ceux dont il fut revêtu,
Ne laissant à ses fils que la tâche sublime
    D'imiter un jour sa vertu.

1827.

Quand Juda du Seigneur eut transgressé la loi,
Un homme obscur parut, qui de la ville sainte
> Jour et nuit parcourant l'enceinte,
> Au peuple incrédule et sans foi
> Criait en vain : malheur à toi !
> Et Jérusalem et son temple
> Rasés jusqu'en leurs fondements,
Ne furent bientôt plus qu'un mémorable exemple
> Des plus terribles châtiments.
Quand brisant aujourd'hui l'égide tutélaire
De l'heureuse union des peuples et des rois,
Le criminel effort d'une main téméraire
Au gré de son caprice immole tous nos droits ;
> Du sein de la foule vulgaire
> A mon tour élevant la voix,
> Prophète inconnu je m'écrie,
Malheur, malheur à nous, malheur à la patrie !
Ah ! que sous l'humble chaume et les pompeux lambris,
Que sous le dais royal on puisse les entendre
> Ces tristes et douloureux cris,
> Avant que le deuil et la cendre
Aient couvert nos cités et leurs sanglants débris !

Oui, tant qu'un faible accent du souffle qui m'anime
Au-dessus des clameurs de la meute en courroux
    Qui nous chasse vers un abîme
    Pourra se faire ouïr de tous ;
D'un sinistre avenir présageant les désastres,
Sans repos, sans répit, je crierai jusqu'aux astres :
    Malheur à nous, malheur à nous !

    Ceux dont l'éloquence hypocrite
    De l'indépendance proscrite
    Avait paru le digne espoir,
Qui d'un zèle imposteur affichant la grimace,
Aux puissants de la veille enseignaient leur devoir ;
Au timon de l'empire attelés à leur place,
Marchant au même gouffre, ont dépassé leur trace
    Dans tous les abus du pouvoir.
    Objet de leur rage effrénée,
Le saint palladium de notre destinée,
    Chancelant sur son piédestal,
    N'attend plus que le coup fatal
Qui le doit renverser de sa base minée.
    Et quand leurs imprudents leviers
    Osent ébranler sa statue,
Ils ne se doutent pas qu'en tombant abattue,
Ce sont eux qu'elle doit écraser les premiers.

    Ceux dont nous avions fait dépendre
Le retour fortuné d'un nouvel âge d'or,

Quand, gardiens d'un dépôt si grand, si riche encor,
Intact ils devaient nous le rendre,
Se sont rués sur ce trésor
Qu'ils avaient juré de défendre.
C'est vainement qu'en eux nous avons espéré ;
Les barbares ont ri quand nous avons pleuré.
Des plus justes regrets, des douleurs les plus saintes
Les éclats de leur rire ont étouffé les plaintes.
Sur leurs bancs dédaigneux mollement étalés,
Ils ont ri chaque fois que l'Africain sauvage,
Palpitant sous le fouet d'un horrible esclavage,
Est venu leur offrir ses membres mutilés.
Ils ont ri quand la Grèce éplorée et sans armes
Contre ses bourreaux inhumains,
Baignée en son sang et ses larmes,
Leur tendait vainement ses suppliantes mains.
Tandis qu'ils dévoraient la proie
Livrée en holocauste à leur avidité,
Il n'est point de calamité
Qui n'ait fait éclater leur joie
Et leur atroce *hilarité*.

C'est en vain qu'aux mortels d'une liberté sage
Une royale main octroyant les bienfaits,
A dans son glorieux ouvrage
A l'avenir donné le gage
De l'union et de la paix ;
Ils veulent renverser l'imposant édifice

Qui sous l'abri sacré de sa nef protectrice
Couvre le prince et les sujets.

O vous dont le bras sacrilége
Ose dans sa témérité
Arracher à la royauté
Le ferme appui qui la protège ;
Vous qui d'un bas servage indignes partisans,
Ne voyez dans le trône où le monarque siège
Que grâces et faveurs pour de vils courtisans ;
Quand d'un peuple soumis et d'une noble race
Le pacte auguste et révéré
Tombe sous vos efforts en pièces déchiré ;
Ne redoutez-vous pas , en votre aveugle audace ,
Que ses fragments épars dans nos villes portés,
Ne parlent aussi haut contre la tyrannie
De toutes vos iniquités
Que les lambeaux ensanglantés
De la robe de Virginie ?

Achevez votre ouvrage : encore , s'il le faut
Au nom d'un Dieu de paix élevez l'échafaud.
De supplices et de tortures
Contre l'espèce humaine élancez-vous armés.
Pour la mieux égarer dans les routes obscures
Où vos noirs complots sont tramés ,
Éteignez jusqu'aux feux sur l'autel allumés.
Que bientôt l'œuvre du génie

Lacéré mille fois avec ignominie,
Ne soit plus qu'un poudreux monceau.
Frappez tout ce qui marche au milieu de sa course.
Ramenez les temps à leur source,
Et les hommes à leur berceau.
Efforts infructueux, inutiles fatigues !
Le fleuve ne peut s'arrêter ;
Vous-mêmes en son cours il va vous emporter
Avec vos impuissantes digues.
En vain de la raison vous aurez étouffé
La flamme céleste et féconde ;
En vain dans une nuit générale et profonde
Les sinistres bûchers d'un vaste auto-da-fé
Seront les seuls flambeaux du monde :
Semblable au soleil renaissant
Qui dans les cieux voilés de ténèbres plus sombres]
Remonte plus éblouissant
Devant lui balayant les ombres,
Bientôt reparaîtra l'éternelle clarté
Que Dieu créa pour la répandre ;
Bientôt l'auguste liberté,
Comme l'oiseau sacré de l'immortalité,
Triomphante à jamais renaîtra de sa cendre.

IMPRIMERAIE D'AUCHER-ÉLOY, A BLOIS.